PLEURS

EDMOND BROUARD

PLEURS

DE

LA NUIT

JOURNAL D'UN AVEUGLE

Bourges. — Imp. MARGUERITH-DUPRÉ. r. des Vieilles-Prisons, 2

A. Monsieur E R.

J'offre cet opuscule à qui me veut aimer :
Ce n'est pas un travail qu'on doive ou non blâmer.
De mon esprit, rétif sous la nuit qui l'effraie,
C'est l'ardeur tourmentée et c'est l'expression vraie :
Ce n'est pas un travail non plus qu'aveugle et gueux
Je prétende échanger contre un liard ou deux,
C'est un don que je fais : pour espérer la grâce
D'occuper dans le cœur une modeste place.

A qui puis-je l'offrir plus dignement qu'à vous ?
Si je ne savais trop que mes rêves sont fous,
Et que mes bouts rimés sentent l'huile et la mêche,
Je vous les dédierais : mais le respect m'empêche
De pousser la sottise à cet affront plaisant.
Aussi, je viens, honteux d'un si mince présent,
Vous prier d'agréer comme le témoignage
D'un cœur reconnaissant, cette bien triste page.

octobre 1878.

PRÉFACE

Lorsqu'on perd un ami, quand on ferme une tombe,
On écrit ces deux mots : espoir et souvenir !
Souvenir à qui meurt, espoir en l'avenir,
Les deux puissants leviers du pauvre cœur qui tombe.

En tête de mon livre écrirai-je ces mots ?
J'ai tout perdu : courage, espoir, jusqu'à moi même ;
Et mon âme égarée, en ce désordre extrême,
Ne voit partout qu'horreur, crimes, folie et maux.

Voudra-t-on pardonner la note trop plaintive
Que bourdonne l'essor de mon esprit rêveur ?
L'avenir me dit : tremble ! et le passé : malheur !
Que veut-on qui s'éveille en mon âme craintive ?

J'ai peur : et quand parfois mon courage écrasé,
Puisant dans la douleur une force nouvelle,
Se redresse railleur, mon esprit ouvre l'aile ;
Mais l'esprit d'un aveugle est bien vite épuisé.

Alors qu'on n'a plus d'yeux, qu'importe que l'on mente
A son âme affolée ? Alors qu'on n'a plus d'yeux,
Le rêve le plus triste est encor radieux.
Laissez-moi donc rêver, c'est la douleur qui chante.

20 octobre 1878.

DÉSESPOIR.

Dieu ! tu sais bien, grand Dieu, que j'ai, toute ma vie,
Respecté ta puissance adorable, infinie.
Tu sais que j'ai toujours suivi tes saintes lois,
Et que, fervent et pieux, en toi j'espère et crois.

iii

Pourquoi jeter toujours à travers ma franchise
Ou l'ironie amère, ou l'absurde sottise ?
J'aime, on me hait ; j'adore on me traite de fou.
Je suis aveugle, infirme, et l'on m'arrache tout.

iii

Tout, jusqu'au rêve aimé, si mesquin et si frêle,
De la voir bonne et sage autant que douce et belle :
Tout, jusqu'à la caresse et jusqu'au moindre espoir,
Qui soutient seul le cœur, d'être utile et revoir.

iii

O funeste destin, ô fortune ennemie,
N'as-tu donc condamné mon esprit à la vie
Que pour le voir honnir et bafouer toujours ?
Que pour voir l'ironie étouffer mes amours ?

iii

J'étais jeune, et mon cœur savourait cette ivresse
Naïve de l'enfance, où le rêve caresse
La belle illusion de nos crédules ans.
J'étais jeune, et déjà tu soufflais tes tourments.

¡¡¡

Mon esprit a grandi sans but, sans espérance,
Cherchant son propre oubli dans la froide science.
Sa devise portait : travailler et souffrir.
C'était jeter au Ciel ce cri : Fais-moi mourir !!

¡¡¡

Mais non ! tu fis vibrer autour de ma pensée
Ton rire insupportable, et, perdue, écrasée,
Sous toutes les douleurs que lui creusait ta main,
Mon âme étouffe et râle en son généreux sein.

¡¡¡

Tu m'as tout arraché, l'ambition, cette envie
Qui flatte le cœur et le force à la vie,
L'amour et la fortune et jusqu'au pauvre espoir
De voir mon jour finir par un assez beau soir.

¡¡¡

Tu m'as tout arraché. Je hais et je blasphème.
Je hais le monde entier, je hais jusqu'à moi même.
J'aimais, je veux haïr le devoir, la pitié,
Haïr même l'amour et jusqu'à l'amitié.

¡¡¡

J'aimais, je veux haïr, et, nouveau Diogène,
N'avoir que deux autels, le sarcasme et la haine?
Ris donc, affreux destin ! Ris toujours, siffle et mords.
Le cœur est froid, l'esprit éteint, les yeux sont morts.

18 août 1878.

ADIEUX ! ! !

Adieu terre, adieu Cieux !
Adieu ma poesie !
Et vous mes souvenirs, rêves fous d'une vie,
Fauchée à son printemps, recevez mes adieux !

J'ai, pendant vingt années
Recherché le devoir !
Mais, sans cesse conduit par l'affreux désespoir,
Son fantôme effraya mes plus belles pensées !

Ma foi dans l'avenir
Se voila le visage,
Et mon cœur assombri, n'écoutant que sa rage,
Voulut perdre la vie avec le souvenir !

Fatale destinée !
Maudit, toujours maudit,
C'est les yeux que je perds, les yeux et non l'esprit.
A vivre du passé mon âme est condamnée !

L'horrible cauchemard
De ma triste jeunesse
Me poursuit sans relâche et m'assiège sans cesse,
Sans qu'un rayon d'amour ne le rende au hasard !

Pourquoi ce long martyre ?
Pourquoi donc à la fleur
Flétrie avant le jour, arracher jusqu'aux pleurs,
Que l'espoir fait perler aux cordes d'une lyre ?

Aussi mon seul désir
Et mon unique joie
Que le destin permette ou non que je revole,
Est de rêver encore, de chanter et mourir !

Viens donc, belle folie,
Viens, je t'offre mes vœux :
Je suis l'amour aveugle, et c'est toi que je veux
Pour ramener au cœur le rêve qui l'oublie !

Hélas ! tout est brisé
Mon esprit n'a plus d'aile
Et descendu trop bas, il ne peut pas sans elle
Transporter ma pauvre âme au-dessus du passé !

Allons, cesse ta plainte
Mortel trop désolé
Sois et reste maudit. — Tout rêve est envolé,
Toute larme est séchée en ta paupière éteinte !

Adieu donc, terre, Cieux !
Adieu ma poësie,
Et vous mes souvenirs, rêves fous d'une vie
Fauchée à son printemps, recevez mes adieux ! !

20 août 1878.

AVANT MA PRIÈRE.

—

Je m'étais endormi l'esprit plein de fièvre,
Le sommeil, en boitant, arrivé jusqu'à moi,
Avait sur mes yeux morts posé sa lourde lèvre;
    Et mon corps subissait sa loi.

La matière dormait, mais mon âme écrasée
Par les tourments muets de mes songes sans fin
Soulevait en sifflant ma poitrine oppressée,
    Comme un fou que la rage étreint.

Qui donc es-tu mon corps? Qui donc es-tu mon âme?
Et lequel de vous deux est le réel vivant?
J'aime, sans l'avoir vue, une enfant, une femme.
    Qui de vous deux est son amant?

Ecoutez : Mon œil froid poursuivait dans l'espace
Des tableaux décevants qu'il n'avait jamais vus ;
Pourquoi ce cauchemar qui passe et qui repasse
    Dans mon regard qui ne voit plus?

Depuis tantôt deux ans, je ne vois rien qui brille,
Ni l'éclat d'un ciel bleu, ni l'éclair d'un œil noir,
Ni l'humide baiser qui, sûrement, scintille
    Comme l'étoile dans le soir.

            •◄❦►•

Sur la lèvre brûlante et folle de mon Ève,
Je ne vois rien qui parle au tourment de mes yeux ;
Pourquoi ce cauchemar, au lieu d'un meilleur rêve
    Qui me rende tout radieux ?

            •◄❦►•

As-tu dormi toujours, corps abruti, matière,
Que tu n'as pu jeter au milieu des plaisirs,
Mon âme si fragile, et la tenir à terre
    Par de forts et puissants désirs ?

            •◄❦►•

Qui de vous deux est fou ? Du corps, de la pensée ?
Oui, fou, je voudrais être et ne songer jamais,
Car de quelque côté que mon âme effrayée
    Se retourne, ce sont des regrets.

            •◄❦►•

Au futur, c'est la mort ou l'affreuse misère ;
Au présent, l'avenir sans aucun dévoument ;
Au passé, le travail, le dégoût, la colère
    Partout le découragement.

            •◄❦►•

Dormez donc, âme et corps, dormez longtemps encore :
L'oubli viendra peut-être avec un vrai sommeil,
Et mon cœur, sans espoir, verra briller l'aurore
    Sans se soucier du réveil.

22 août 1878.

PRIÈRE.

Grand Dieu ! S'il est bien vrai que parfois vers la terre
Tu penches ton oreille, écoute ma prière ?

De même qu'à l'aurore, on voit s'ouvrir la fleur,
Inclinant, sous le poids d'une douce rosée,
Sa corolle ; j'ouvrais à l'amour ma pensée,
J'y trouvais la douleur !

De même qu'au ruisseau, la gazelle altérée
Court et boit à longs traits, j'avais soif d'ambition ;
Et mon cœur haletant savourait sa passion.
La source était séchée.

De même que le tigre, après un long sommeil,
Cherche, en ouvrant les yeux, un troupeau qu'il dévore,
J'avais soif de plaisir : C'est la douleur encore
Qui sonne à mon réveil.

Je suis jeune, et mon cœur, quoiqu'il espère et pense,
Entend déjà monter un orage lointain
Qui gronde sourdement et balaie au matin
Sa fragile espérance.

✝

Je suis jeune et mes yeux, enfoncés dans la nuit,
Cherchent timidement une lueur aimée
Qui rappelle la vie à mon âme abimée.
Je ne vois rien qui luit.

✝

De même que le cerf, aux abois, de lui même,
Se jette dans la mort, mon esprit harassé
Résolut de mourir : Mais Dieu m'a refusé
Ce désespoir suprême.

✝

O mon Dieu ! permets donc à mes yeux de revoir ?
Par tous les sentiments, mon âme saigne ou pleure.
Puisque tu ne veux pas encore que je meurs,
Ranime moi l'esprit.

✝

Entends moi donc, grand Dieu ; daigne encor vers la terre
Incliner ta bonté pour ouïr ma prière.

24 août 1878.

ESPOIR

Mon Dieu ! pardonnez-moi le criminel blasphème
Que, dans mon désespoir, j'ai poussé jusqu'à vous.
Pardon ! Si j'ai souffert, c'est que ma douleur même
Méritait par ses cris votre juste courroux.

Vous êtes le seul vrai, le bien et la justice.
Je me croyais perdu, je n'étais qu'égaré.
Car tout, même le bien, ici bas a son vice,
Et mon cœur trop fier est a peine épuré.

Oui, jusqu'ici, l'amour effleurant de son aile
Les timides élans qui s'éveillaient en moi,
Rencontrait mon esprit toujours sec et rebelle :
Je voulais rester seul et voulais rester froid.

Vous m'avez inspiré de rappeler la vie
Saine, morale et pure en l'esprit d'une enfant,
Et voici que mon cœur, fou de la convertie
Vous bénit aujourd'hui de son tendre penchant.

C'est là toute la vie : Aimer avec franchise,
Aimer un esprit droit qui s'inspire du bien,
Pour écarter du mal la brillante sottise
Et chercher dans l'amour un sincère soutien;

Oui : c'est bien là vraiment qu'est l'adorable vie,
Et mon froid égoïsme en refusant toujours
De sortir de son moi, se déclarait impie.
Maudit soit à jamais qui se ferme aux amours.

*

Quel ravissant poème
Aimer, être adoré
Quel avenir doré
Dans ce beau cri : je t'aime !

*

Ces celestes duos,
Que chantent nos deux ames
Quand les lèvres en flammes,
On jase en tourtereaux.

*

Quand timide, l'amante
Abandonne un moment
A la main de l'amant
Sa belle main tremblante.

*

Quand les yeux dans les yeux,
Sur la bouche qu'il aime,
L'amant cueille lui-même
Ce mot délicieux :

*

Amour ! douce fièvre ;
Dans le plus long baiser
On voudrait enchasser
Cet éclair de la lèvre.

*

Les mots sont des soupirs,
Les vers parlent d'extase,
Et le cœur est le vase,
Où tombent ces saphirs.

*

Quand un destin fatal écrase l'existence,
L'esprit trop faible a peur, le regard s'assombrit,
Mais un visage aimé ramène l'espérance,
Allume le regard et ranime l'esprit.

*

Abattu, le courage avec ardeur se dresse,
Le cœur sent qu'il faut vivre et vivre pour aimer
Un ange qui, là-bas, réserve sa caresse
Pour bénir le travail, sourire et le charmer.

Autant que je l'ai pu, j'ai pendant vingt années
Ecouté les conseils du sévère devoir,
Mais j'ai laissé tomber mes forces abîmées
Jusqu'à l'abattement et jusqu'au désespoir.

Ai-je donc mérité que le bonheur couronne
Une vie imparfaite et fatale en son bien.
Non ! javais refusé les delices que donne
Un amour ferme et pur ; je ne méritai rien.

Je veux vivre aujourd'hui, parce qu'enfin j'adore,
Parce que ma pensée est tout à son bonheur,
Parce qu'elle a besoin de mes avis encore
Pour être digne et bonne et parfaire son cœur.

Pardonnez-moi, mon Dieu, le criminel blasphème
Que, dans mon désespoir j'ai poussé jusqu'à vous.
Rendez-moi la lumière, et, pour celle que j'aime
Apaisez un instant votre juste courroux.

26 Août 1878.

PATERE LABORA

A tout, à la nature, au Ciel, dans mon malheur,
J'ai donné mes adieux ! Mon âme tout entière
S'exhalant résignée, dans cette humble prière,
Croyait avoir vaincu pour jamais la douleur.

J'étais solide et fort, j'envisageais sans crainte
Mon rêve qui, railleur, fuyait inachevé,
Découvrant l'avenir qui m'était réservé :
J'étais pauvre, tout seul, ma vue était éteinte.

J'étais seul, et mon cœur, jeune encore, presque pur,
N'ayant jamais connu d'affection franche et vraie,
Se fermait sans murmure aux caresses que crée
L'ineffable expression d'un amour tendre et sûr.

J'étais seul ! une femme, une enfant est venue
Réveiller dans ce cœur un douloureux espoir.
Je lui prêchais le bien, le travail, le devoir ;
Elle m'a dit : je t'aime ! et confiant je l'ai crue.

Ecoutez ! sous un corps la mer vient de s'ouvrir ;
Le veilleur du bateau crie : un homme se noie !
La bouée est jetée et court chercher la proie
Que la vague brutale est bien près d'engloutir.

Le naufragé perdu cramponne à la bouée
Son corps tout haletant : On le remonte à bord ;
Il ne respire plus, il est blême, il est mort ;
Mais sur l'objet sauveur la main roide est crispée.

Le monde, triste mer au flot si tourmenté,
Où l'esprit humain court, se perd, roule et se joue,
Sur le roc des bas-fonds, au milieu de la boue,
Traînait avec fureur mon cœur épouvanté.

Je laissais le malheur pousser ma destinée,
Sans souci de demain, sans frayeur de la mort,
Quand je crus voir soudain briller les feux d'un port ;
J'étais aimé ! mon âme allait être épargnée.

Insensé ! Pauvre fou ! Je saisis cet espoir
Avec l'âpre fureur d'un mourant qu'on ranime.
Insensé ! Pauvre fou ! N'es-tu pas trop infime ?
Aveugle, que peux-tu ? Job, que veux-tu pouvoir ?

Oui, c'est vrai, je suis fou ! Pardon ! mais ma folie
Ne pouvait supposer qu'ici bas tout bonheur
M'était fermé : Pardon ! sans écouter mon cœur,
J'attendrai que la mort vienne éteindre ma vie.

7 septembre 1878.

A MA MUSE

Triste, dans les ennuis, mon pauvre esprit se noie.
O muse, inspire-le, ranime dans mon cœur
Un de ces souvenirs radieux de bonheur,
Tissés par l'espérance et de rêves et de joie.

Sur son front pâle et beau de ses beaux dix-huit ans
Enivré le regard, excite la pensée.
Viens m'éclairer, ô muse ! immortelle adorée,
Ecrase la douleur sous tes joyeux élans.

N'est-ce pas que l'amour n'a pas quitté la terre ?
Dis-moi, belle, dis-moi qu'il règne encore en nous
Libre, rose, mignon, charmant, suave et doux,
Adorable en un mot, comme un vrai cœur l'espère ?

Mon esprit cherche en vain ses bienheureux accents,
On n'entend déjà plus qu'un rire métallique,
Un rictus effrayant, impie et sardonique,
Ricanant l'égoïsme à nos stupides sens.

Et seul, désespéré, sans fortune et sans vie,
Trouvant sous la souffrance un courage épuisé
Le cœur demande alors un espoir au passé.
Et dans le souvenir traîne sa rêverie.

✳

Dis moi, belle, dis moi que l'âpre soif de l'or
Est morte sous les pleurs de l'âme et que sa plainte
Vibre comme au foyer, parfois, la cendre éteinte
Ouvre un timide éclair qui dans l'ombre s'endort.

✳

Un jour vient, n'est-ce pas, où la passion trop nue,
Etreignant dans ses bras lascifs le corps brisé,
Meurtrit notre raison, et son plaisir forcé
Excite, irrite, énerve, épouvante, puis tue.

✳

N'est-ce pas que l'amour n'a pas quitté la terre ?
Ton sourire d'enfant si confiant et si pur
Me le dit chaque jour, et ton regard d'azur
A la chaste douceur de la passion sincère.

✳

Inspire mon extase, ô Muse, tes beaux chants
Sous l'aimable fouet de mon âme harassée ;
Dis-moi que l'amour vit afin que la pensée
Aille cueillir un peu de rêve à mes trente ans.

✳

Notre cœur est-il donc si brutal et sceptique,
Si mort au sentiment, qu'il faille s'écrier :
« Le dévouement n'est plus, et même l'amitié,
Hélas ! courbe le front sous l'amour impudique.»

✳

Oh ! répète sans cesse à mon cœur désolé :
Rêve, espère et souris ! j'aime ta voix chérie
Réveillant dans mon sein et l'amour de la vie,
Et l'ardeur d'un amour qui semblait envolé !

✳

Use ta poësie à guérir ma tristesse
Ridicule qui doute, et veut ne pas douter ;
Laisse à mon désespoir ton jeune amour chanter
Un naturel refrain de rêve et de tendresse !

Inspire mon délire, ô Muse de l'espoir !
Ton souffle éveille en moi la plus ardende flamme ;
Laisse donc ton baiser effleurer ma pauvre âme
Et promettre à mes yeux de bientôt te revoir !

Soulève un peu la nuit qu'une main trop fatale,
Pour châtier mon orgueil colla sur mon regard ;
Eclaire, mon esprit, fixe mon œil hagard,
Ris enfin à mon cœur qui désespère et râle !

Aveugle, pauvre et fou, peut-on m'aimer encor ?
Ne me quitte donc pas : Avec toi, c'est la vie.
C'est le bonheur ! sans toi c'est l'horreur ou l'orgie :
Et l'orgie ou l'horreur c'est l'ennui, c'est la mort !

Bourges, le 18 Octobre 1878.

ELLE.

—

Elle avait ce sourire
Aimable, qu'on admire ;
Ses yeux d'azur et d'or, comme un beau soir d'été,
Semblaient promettre au cœur bonheur et volupté.

Sa taille gracieuse
Suivait capricieuse
Les mouvements légers de ses formes d'oiseau.
Tout en elle était gai, tout en elle était beau.

Hélas ! tout comme un rêve,
Elle a trompé ma foi
La belle fille d'Eve,
Et le réveil est froid.

Sa voix était aimante,
Et sa grace charmante
Voltigeait si joyeuse autour de ma passion,
Que la posséder seul, était mon ambition.

Puis, croyant à cette âme
Suave de la femme,
Qui d'un mot ou d'un pleur fait rêver à toujours,
J'avais fini par croire aux durables amours.

⁕

Hélas ! tout comme un rêve,
Elle a trompé ma foi
La belle fille d'Eve,
Et le réveil est froid.

⁕

Elle a toujours ce rire
Fol que chacun admire.
Mais ses yeux assoupis comme un lourd soir d'été,
Promettent sans tenir, bonheur et volupté.

⁕

Elle si gracieuse
N'est que capricieuse :
Et son cœur jeune encore, pauvre petit oiseau
Egaré dans un rêve, en appelle un nouveau.

⁕

Mais le rêve s'achève,
Et tremblant, le cœur voit
La honte qui se lève
Pour la montrer au doigt.

⁕

Oui, j'ai perdu l'amante
Dont l'âme confiante
Flattait sans la tromper, ma crédule passion :
Je n'avais qu'un espoir, qu'une seule ambition :

⁕

Qui soutînt ma pauvre âme
Je vivais de sa flamme
Et son beau dévouement m'eut fait vivre toujours :
Mais j'avais tort de croire aux durables amours.

⁕

Elle a suivi le rêve
De mon aveugle foi.
Quand le rêve s'achève
C'est la nuit, c'est l'effroi.

Elle est où va le rire
Et qui veut qu'on l'admire,
Où va briller un jour, puis fondre la beauté,
Où va se consumer l'atroce volupté.

Oui la vanité creuse
A la femme orgueilleuse
Sous des fleurs sans parfums un dégoûtant tombeau.
Elle a gagné Paris où le hideux est beau.

Prends garde, fille d'Eve,
Enfant, prends garde à toi
La folle orgie est brève
Et son réveil est froid.

Dans l'affreuse tourmente
Ta raison chancelante
Saurait-elle écarter la brutale passion ?
Discerner l'amour vrai de l'impure ambition ?

Ah ! ranime en mon âme
L'espoir qu'elle réclame,
Reviens à moi lutin que j'adore toujours
Tu sais bien qu'il me faut ta joie et tes amours.

Quand le rêve s'achève
C'est la nuit, c'est l'effroi,
Mais quand revient le rêve
C'est le Ciel avec toi.

10 Juin 1878.

CONSEILS A UN AMI.

I.

Je suis venu trop tard dans un monde trop vieux,
S'écriait le poëte.
Et moi même, en voyant ce que je vois sans yeux,
Je l'avoue et répète :

Rien n'est plus ici bas, et bien sot est qui croit
A tout ce qu'on vénère.
L'homme est si perverti que son esprit trop froid
Demeure terre à terre.

Autrefois l'on pensait, par le cœur on aimait.
Aujourd'hui l'on ne songe
Qu'aux beaux deniers comptant qu'un riche apporte et met
Dans la main. — Vil mensonge.

On ne calcule plus qu'avec le seul désir
Et la femme sans honte
Sachant que se vend cher l'impudique plaisir
Se prostitue et compte.

Oh ! n'allez pas, mon cher, trop tot vous étonner,
    Vous savez bien, je gage,
Que l'axiome moderne est de toujours berner,
    Que voler est seul sage.

Vous savez bien, aussi, qu'être franc ici-bas
    Est une vertu rare ;
Si rare que, bien mieux, celui qui ne ment pas
    Semble par trop bizarre.

Car on ne conçoit plus, aujourd'hui, qu'un vrai cœur
    Affirme ce qu'il pense.
Menteur, lui dira-t-on, où tout au moins sauteur,
    C'est si commun la danse.

Aimez-vous, on répond : que le bonhomme amour
    Comme un vrai juif raisonne
Et que les madrigaux sont mal vus, même en cour,
    Si rien après ne sonne.

Encore on répondra, si l'on prêche le bien,
    Qu'importe, être ou paraître ?
Ce qu'il faut aujourd'hui, quelque soit le moyen
    C'est chercher le bien-être.

Donc, rappelez-vous bien et sachez pour jamais
    Qu'il vous faut être fourbe
Et que l'homme qui sort trop de sentiments vrais
    Dans les défauts s'embourbe.

2 septembre 1878.

II.

L'amant trompé est un sot
Puisque l'amour s'achète.

UN PHILOSOPHE.

La franchise en tout temps est une vertu rare,
Aujourd'hui qu'il n'est plus qu'une idole : l'argent !
Mentir est si commun, qu'il semblerait bizarre
Aux gens les moins blasés d'écrire ou parler franc.

Ne crois donc pas, mon cher, à la sincérité.
Ta maîtresse timide est prodigue en paroles :
Tromper est un bonheur pour l'aimable beauté.
Redis-toi donc toujours : les femmes sont frivoles !

On t'accueille aujourd'hui par force ou par raison,
Mais, vienne un dandy riche, ou le voulant paraître,
Plus stupide soit-il, tu n'es plus de saison,
Et ton cœur délicat n'est pas d'un petit maître.

Est-ce que tu croirais que d'un amour sans bruit,
Si le cœur s'en nourrit, la femme s'en contente ?
Tu sais pourtant fort bien qu'on vend tout aujourd'hui....
Une femme.... Dumas l'a dit, est une rente.

Ne lève pas les yeux au Ciel comme un martyr,
Sache entendre plutôt qu'il te faut de l'audace !
Ose donc, et surtout, étale le saphyr.
Tu sais, comme au miroir on prend bien la bécasse.

Pleurer lorsqu'on te trompe ! agis de même, enfant,
Use du même droit que ta vaine maîtresse ;
Il serait par trop fort qu'on cherchât à présent
Si la femme a du cœur et non de la richesse.

Qu'un poëte enrhumé rêve au sincère amour.
Un poëte est un fou qui marche sur Bicêtre.
Est-ce que tu voudrais qu'on t'y logeât un jour ?
Laisse-donc là les pleurs et redeviens ton maître.

∗

Aimer est un vieux mot du banal le plus grand ;
Mon perroquet le dit, le merle le repète,
On l'accouple au melon, et maintes fois l'on prend
Un monstre dégoûtant pour un amour de bête.

∗

Ris donc, puisque le temps est au rire, mon cher ;
Sois sceptique et blasé, prodigue le mensonge
Au bébé de demain comme au bébé d'hier,
C'est un rat si rusé qui, si gaiement, nous ronge.

∗

Hélas ! la raillerie épouvante mon cœur !
Exécrable métal, maudit soit ton empire !
Tu viens, le devoir fuit, le sentiment se meurt,
Et le deshonneur seul reste pour te maudire.

3 septembre 1878.

A Madame C. M.-D.

Madame, permettez à mon esprit étroit
De vous complimenter : Ce n'est pas difficile ;
Mais lorsque le bon sens est déjà maladroit,
L'esprit ne tarde pas à sembler imbécile.

J'essaierai cependant, parce que mon devoir
Est de vous présenter aujourd'hui mon hommage.
Veuillez bien l'accueillir, surtout ne pas avoir
Trop de sévérité pour mon modeste ouvrage.

J'ai gardé pour la mère un respect aussi grand
Que j'adore son cœur et j'admire son âme :
Et ce n'est pas assez du simple dévouement,
C'est un culte pieux que son amour réclame.

Quoi de plus beau vraiment, quand sous ses blancs rideaux,
Comme un ange des cieux, l'enfant rose sommeille :
Ni le bruit des passions, ni l'ennui, ni les maux
N'osent s'aventurer autour de la corbeille.

C'est que veille un gardien, dont l'invincible amour
Sait toujours épier : Son ardeur sans réserve
Ne connait de repos ni la nuit ni le jour;
Tout son désir est là : l'enfant qu'elle conserve.

O maternel amour ! plus tard, quand le soleil
Des passions vient sonner son heure si vibrante,
On te retrouve encore à ce brûlant réveil
Disant : Prends garde, enfant ! Et ta voix est puissante.

Mère, enfant, vrai trésor qu'on adore ici bas.
Dans ce monde où l'on rit des plus divines choses,
De la mère à genoux on doit baiser les pas.
Et l'enfant, en pleurant, se couronne de roses.

En voudrez-vous, madame, a votre serviteur,
De glorifier tant un culte qu'il vénère ?
Celui-là seul est bon, seul est homme de cœur
Qui sait garder toujours le respect de sa mère.

Bourges, 3 novembre 1878.

ELLE.

Elle était jeune et belle, elle était douce, aimante
Sa lèvre murmurant la prière d'amour
Semblait dire : Pardon! — Comme aux baisers du jour.
La fleur ouvre en pleurant sa corolle tremblante.

Elle aimait la musique, et son cœur sans désir
Ecoutait doucement la joyeuse harmonie
De son vieux clavecin. — Elle entrait dans la vie,
Et son grand regard clair rayonnait de plaisir.

Elle aimait son miroir et sa grâce coquette
S'attardait quelquefois au milieu des rubans.
Elle avait entendu quelques propos galants
Murmurer derrière elle : Oh ! la charmante tête.

Et, surprise d'abord, bientôt elle écouta
Les compliments flatteurs de sa Psyché sincère.
Elle était simple alors, elle devint fière.
Quand la vanité vient, la pureté s'en va.

Elle quitta travail, musique, poésie
Pour chercher et forcer les aveux insolents.
Elle ferma son cœur aux nobles sentiments
Pour le jeter sans honte à la coquetterie.

> La nuit vient !
> Une ombre s'avance
> Hésite, s'élance,
> Ce n'est rien.
>
> La nuit vient,
> Es-tu dame ou fille
> Ouvre ta mantille,
> Ce n'est rien.

La nuit vient
Pourtant c'est bien elle :
Ou vas-tu ma belle ?
Ce n'est rien.

La nuit vient
Mais quelqu'un l'embrasse.
Réponds-moi de grâce ?
Ce n'est rien.

La nuit vient,
On entend : Mignonne,
Prends cette *couronne*,
Ce n'est rien.

Ce n'est rien, et depuis que cet infernal rire
A traversé son âme, elle a soif du baiser,
Elle a soif de l'amour qui ne fait que passer
Du plaisir qui suivra le plaisir qui va suivre.

Sa lèvre ment déjà, son esprit est distrait,
Et son cœur trop blasé sans rien connaître encore
Du monde et de ses maux, haît tout ce qu'il adore
Le devoir et le bien, le sincère et le vrai.

Maudite soit toujours l'infernale pensée
Qui glissa le miroir sous tes regards inquiets,
Disant : Tout l'univers, belle, tombe à tes pieds,
Et fit taire la voix de la raison blessée

Maudit soit à jamais l'homme indigne et sans foi
Qui, prenant ta jeunesse au seuil de l'espérance,
Lui montra le clinquant de la folle indécence
Et blasa ton esprit qui ne veut plus de lois.

Maudit soit à jamais, maudit soit l'homme impie
Qui ravit à ton cœur le chaste sentiment,
Et collant ses baisers à tes baisers d'enfant
T'inspira la débauche au milieu de l'orgie.

18 Juillet 1878.

A TRAVERS CHAMPS.

Quand on va dans ces bois où le soleil à peine
Fait perler ses rayons, sur les sentiers ombreux,
Que l'homme semble froid, et que la foule est vaine
    Quand on devise à deux.

Quand au milieu des champs, cueillant la marguerite,
On s'arrête un instant, pour se dire tout bas :
La fleur répond beaucoup. — On s'embrasse bien vite
    Et l'on presse le pas.

Quand dans les grands jardins, la rose épanouie
Berce aux baisers du jour sa corolle, crois-tu
Que l'âme à ces parfums ne soit pas réjouie
    De croire à la vertu.

N'est-ce pas qu'au buisson, la violette aimée,
Est plus belle, plus fraîche aux regards de l'amant
Que l'orgueilleux pavot à l'âme empoisonnée
    Dans son manteau brillant.

Le pavot, c'est l'orgueil, la rose, c'est la femme
Que le fat papillon flétrit en bourdonnant.
Mais au fond du buisson est la véritable âme
    De l'amour pur et franc.

Aurore, en allumant sa lampe
Afin d'éveiller le soleil,
Voit toujours couché sur la rampe
Du ciel, l'amour encore vermeil
D'avoir usé son ongle tendre
    Sur le bois
De nos lits pour se faire entendre
    Une fois.

Elle va tirer le grand voile
De l'alcôve, puis doucement :
Prends garde, enfant, revient l'étoile,
Eveille-toi, c'est le moment
L'amour s'étire, et tend son aile
    Pur encor
Jusqu'au buisson où la plus belle
    Réve et dort.

Il vole embrasser violette
Et bercer, sur son sein aimé
Jusqu'au jour sa blonde tête
Amour en sort tout parfumé.
Mais le jour point, monte, s'enflamme
    Et grandit.
Amour effrayé n'a plus d'âme,
    C'est midi.

Amour, enfant, est doux et rose,
Timide et pur, frais et mignon
Comme la fleur à peine éclose
Dont il fait son nid au buisson
Mais quand l'infernal midi sonne,
    Son ardeur
Il vole à tous et s'abandonne
    Sans pudeur.

Alors honteux, quand la nuit jette
Son manteau noir sur l'horizon,
Il dit bonsoir à violette,
Sans oser effleurer son front
De peur que son aile lascive,
  Par malheur
Ne souille la vertue naïve
  De la fleur.

Qui pourrait inspirer l'amour
Si ce n'est la nature, alors qu'on se promène
Quand au milieu des champs on respire l'haleine
  Chaude, enivrante du grand jour.

Qui pourrait inspirer l'amour
Si ce n'est la nature, alors que l'âme et sombre,
Les oiseaux et les fleurs et le soleil et l'ombre
  Nous le proclament tour à tour.

Qui pourrait inspirer l'amour
Si ce n'est la nature, alors que l'âme est gaie,
Ce que dit le ruisseau, notre âme le bégaie
  Sans peur d'effrayer l'alentour.

Qui pourrait inspirer l'amour
Si ce n'est la nature, alors que l'on aime,
Tout nous parle de lui, c'est le bonheur suprême
  Puisqu'on vit dans toute sa cour.

14 août 1877

AVE MARIA.

Au milieu de l'orage, au milieu des tempêtes,
Vous êtes le salut qu'implore le marin,
Et votre invocation, comme un espoir certain
Monte pure du cœur et fait courber les têtes.

Au milieu des tourments du monde, le Paria
Rebuté par le sort, maudit l'homme et la vie.
Il trouve encore un cri, dans sa colère impie,
A jeter à vos pieds. C'est : AVE MARIA !

Sans famille aujourd'hui, j'apporte ma prière ;
Accordez à mes maux le plus timide espoir :
Un jour qu'il soit permis à mes yeux de revoir
Votre bonté surtout, le Ciel et la Lumière.

Enfant j'ai méconnu votre divin amour,
Mon cœur déjà sceptique a douté de vous-même.
Oh ! pardonnez, Marie, à sa douleur extrême,
Il pleure, il désespère, il supplie à son tour.

12 octobre 1878.

ODE CONTRE L'ARGENT.

—

Abominable argent, la femme, la maîtresse,
Use ses dents d'ivoire à mordre ton baiser.
Glacé, ton souffle tue en elle la jeunesse.
Une femme aujourd'hui ne sait plus même aimer.
Sois mille fois maudite, idole trop funeste !
Tu souris à la faim, puis le déshonneur reste
Au fond de l'âme, et rien ne peut plus l'effacer.

Ayant éteint le cœur, ton infernal génie
Unit tous ses efforts pour enivrer l'esprit :
Gourmand, tu bois l'ivresse, et sur ta lèvre impie
Un éclair vient briller qui flatte l'appétit.
Sois mille fois maudite, idole trop funeste !
Tu ne parles qu'aux yeux et le désespoir reste
Alors que le plaisir tiédit.

Alors tout rêve a fui, l'impudique maitresse
Use sa dent fébrile à ton brutal baiser,
Gardant, pour soutenir sa trop vieille jeunesse,
Un semblant de chaleur qui ne peut que blesser.
Sois donc toujours maudite, idole trop funeste,
Ta lèvre ne rit plus et seul le dégoût reste
A l'âme que la mort se refuse à faucher.

15 Août 1878.

SONNET.

—

Belle, sous tes cils bruns, ton grand regard scintille
Charmant comme l'étoile et pur comme le jour ;
J'aime à brûler mon cœur à cet éclair qui brille,
    Est-ce là de l'amour ?

Je tremble adolescent devant toi, jeune fille,
Mon œil te suit partout, toujours mon esprit court
Te rechercher, sans toi je ne suis pas tranquille !
    Est-ce encore de l'amour ?

Qu'appelle-t-on aimer ? Je ne sais : Un pied passe
Sous un jupon trop court et l'on en suit la trace ;
Un sourire s'ébauche et l'on vole après lui.
    Après un baiser même
On ose s'élancer; tel je suis aujourd'hui;
    Si c'est aimer, je t'aime.

1867.

LE BŒUF ET LE MOUCHERON.

Dans un pacage, quelques bœufs
Paissaient tranquillement, chaude était la journée.
On comprend alors la nuée
Des moucherons volant sur eux.

L'un, pour mordre, vint prendre place
Sur le mufle échauffé du taureau le plus gros,
Et, gonflant son tout petit dos :
« Est-ce que, dit-il, je t'agace ? »

Le bœuf, sans plus faire attention
Tondait toujours le pré. — Le moucheron répète.
Notre bœuf, sans bouger la tête
Lui beugla naïvement : « NON ! »

N'est-ce pas, disons-le, l'histoire
Du fat, stupide au point que, sans foi ni valeur
Il se prétende le meilleur
Et veuille à tous en faire accroire ?

Qui bruit trop, besogne peu,
Ou mieux, en langage vulgaire,
Comme disait souvent grand'mère,
On ne parait jamais plus qu'on n'est, fait ou peut.

17 Octobre 1878.